1　がっこうの　なかで
いちばん　こわい
ばしょは、どこ？

2　9つの　いろが
つかわれている　カラフ
ふくろって、なに？

3　きょうが　10さいの　たんじょうびの
先生《せんせい》って、だれ？

4　あるくと　どんどん　年《とし》を
とっていく　ばしょは、どこ

ようこそ なぞなぞしょうがっこうへ

北 ふうこ・作　川端理絵・絵

もくじ

なぞなぞの
みちも
いっぽから
なぞなぞ
よければ
すべてよし

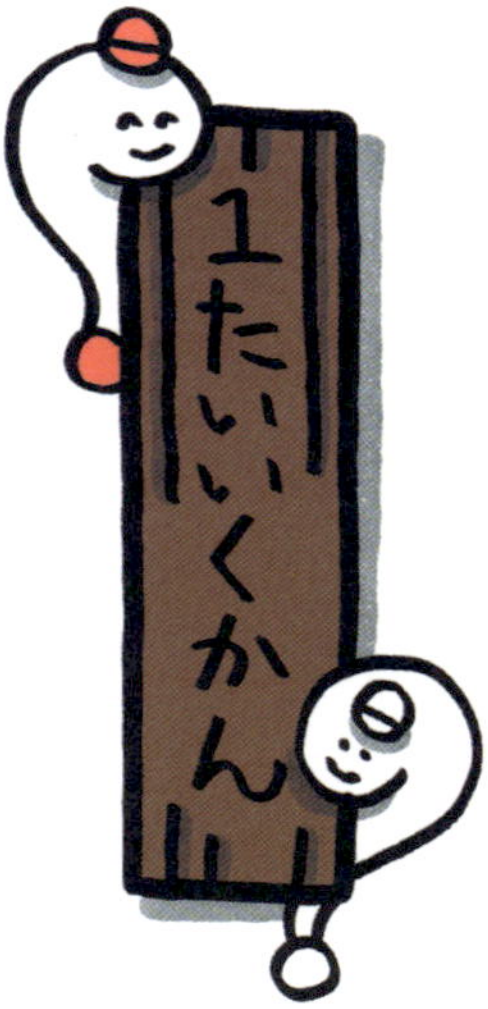

1 たいいくかん

きょうは、にゅうがくしきです。

一年生《いちねんせい》に　なった　てんちゃんは、うれしくて　うれしくて、
ずいぶん　はやく　しょうがっこうに　つきました。

「ママ、はやく　はやく。」

「そんなに　あわてなくても、だいじょうぶよ。」

「もう、ママったら。さきに　いっちゃうよ。」

てんちゃんは　ママを　おいて、

『なぞなぞしょうがっこう』

と　かかれた　門《もん》を
くぐりました。

「ここは、なんだろう？」
とびらを　あけると、ぴかぴかした
木《き》の　ゆかが、目《め》に
とびこんできました。
「ここは、たいいくかんだよ。
これから　ここで
にゅうがくしきを
するんだ。」

とつぜん、木《き》の
はこから　こえが　しました。
「あなた、だあれ？」
「ぼくは、とびばこだよ。」
とびばこくんは、エヘンと
むねを　はりました。

「たいいくかんって、にゅうがくしきを　するところ?」

「ここは　ひろくて、おおぜいの　人《ひと》が　はいれるからね。

ほんとうは　うんどうする　へやだよ。」

「ふーん。」

てんちゃんは、おおきく　うなずきました。

「まだ　じかんが　あるから、いっしょに『なぞなぞ』

しようよ。」

とびばこくんが　いいました。

「いいよ。なぞなぞは　とくいだもん。じゃあ、もんだい
だしてみて。」

「よし、いくぞ。
もんだい。
まえに　すすむと
まけちゃう　スポーツは、
なあに？」

「まえに　すすむと　まけ？」
てんちゃんは、首《くび》を　かしげました。
「うーん、なんだろう。」
てんちゃんが、こまった　顔《かお》を
すると、とびばこくんは、
ヒヒヒッと　わらいます。
まえに　すすむと
まけちゃうって　ことは、
うしろに　すすむと　かつのかな。
うしろに　すすむと　かつ……。

てんちゃんは、うしろむきに　すすんでみました。

「あっ！　わかった！」

とつぜん、てんちゃんが

おおきな　こえを　あげました。

「こたえは、『つなひき』。
ねっ、そうでしょ。」
「せいかい。ちぇっ、
かんたんだったかな。」
とびばこくんは、
くやしそうです。
「やった。わたしの　かちね。」
「うん、まけたよ。
ほかの　へやでも
なぞなぞを　だしてくれるよ。

なんたって　ここは、
なぞなぞしょうがっこう
だからね。」
「わあ、うれしい。
じゃあ、ほかにも
いってみるね。」
てんちゃんは、とびばこ
くんに　手《て》を　ふって、
たいいくかんを　でました。

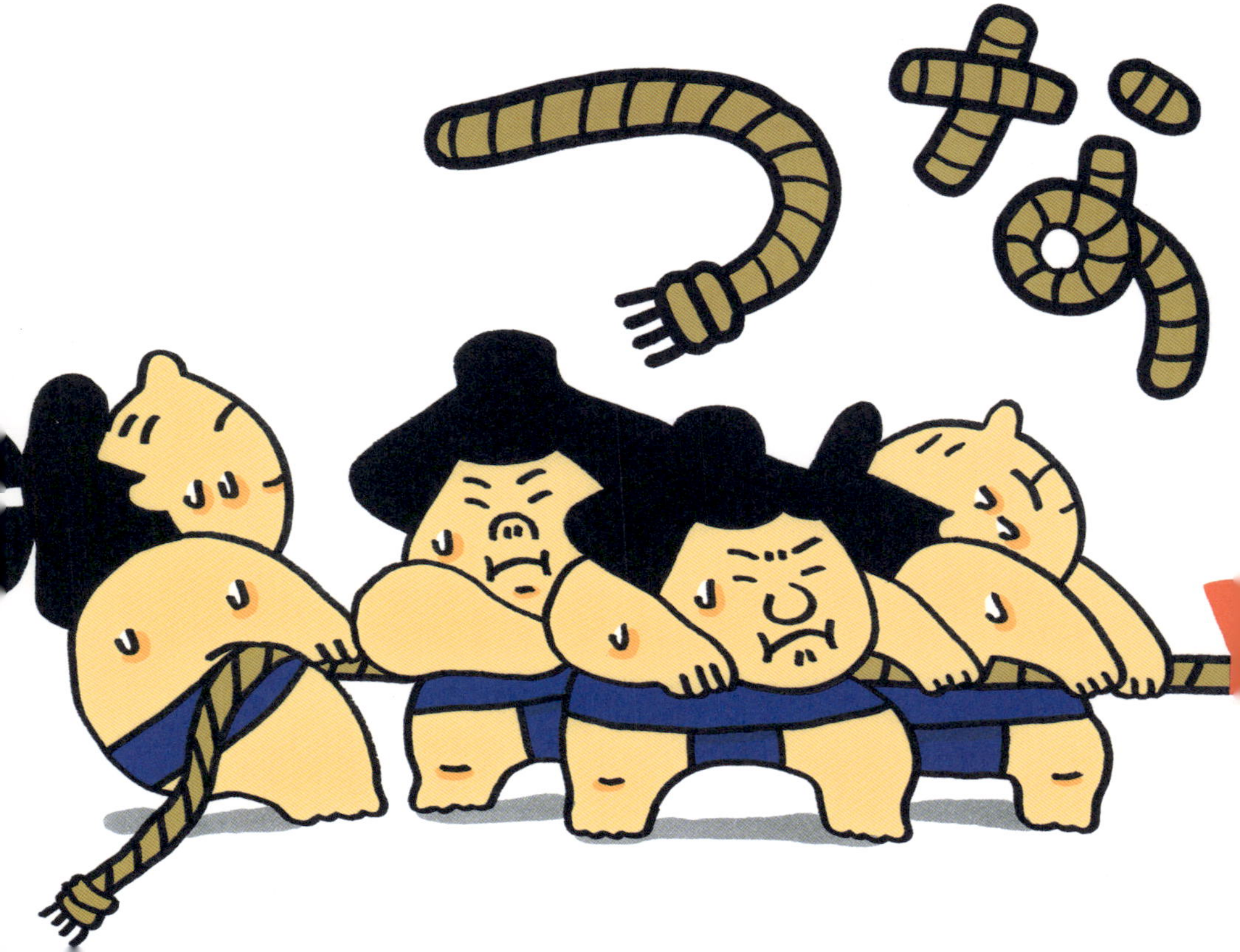

2 きゅうしょくしつ

「なんだか、いいにおいが　する。」

てんちゃんは、においがする　ばしょに、むかいました。

とびらを　あけると、おなべや　しょっきが　たくさん
ならんでいます。

「おや、いらっしゃい。」

こえを　かけたのは、おおきな　しゃもじです。

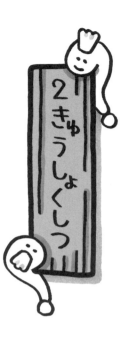

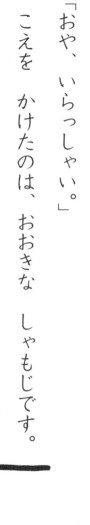

「ここって、キッチンなの？」

「そうだよ。ここは　きゅうしょくしつ。みんなの
おひるごはんを　つくるところさ。」

「やっぱり。いい　においが　すると　おもった。」

てんちゃんは、はなを　うごかしました。

「さて、なぞなぞを　だすよ。いいかい？」

「うん、いいよ。」

てんちゃんは、しゃもじさんを　みつめました。

「もんだい。

れいぞうこの　なかに　いる　どうぶつは、なあに？」

「ええっ？」

てんちゃんは、まゆげを　八《はち》の字《じ》に　しました。

れいぞうこの　なかに　いる、どうぶつ……。

てんちゃんは、うーんと、かんがえこみました。

「さあ、よーく　かんがえてごらん。」

「わかってる。れいぞうこの　なかでしょ。」

てんちゃんは、れいぞうこを　おもいうかべました。

なかに　はいっているのは、たまごに　ぎゅうにゅう、
ハムに　おとうふ、それから……。

「れ・い・ぞ・う・こ、だよ。こえに　だしてみて。」

てんちゃんは、ゆっくりと　こえに　だしました。

「れ・い・ぞ・う・こ……。れいぞう……。あっ。」

てんちゃんは、にっこり　わらいました。

「『ぞう』が　はいってる。」

「はい、せいかい。よく　わかったね。」

しゃもじさんが　にっこり　わらいました。

「やった。ああ、おもしろかった。」

てんちゃんは、とくいげな　顔《かお》で、きゅうしょくしつを
でました。

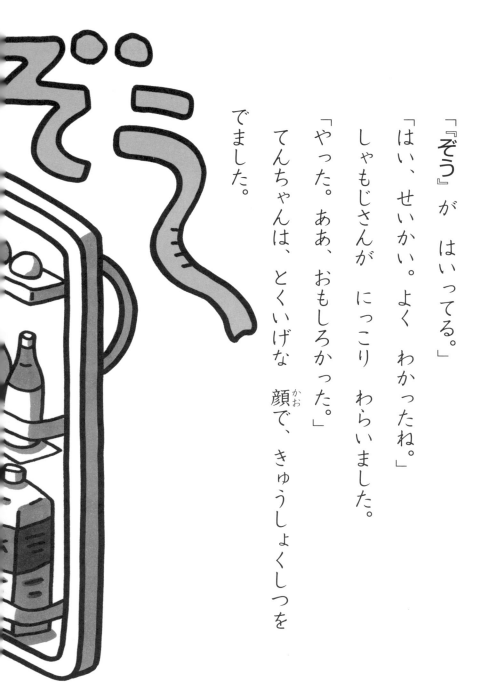

アイス

3 ずこうしつ

てんちゃんは、かいだんを　あがって、いちばん　はしの
へやの　とびらを　あけました。
「いらっしゃい。ここは、ずこうしつです。」
しゃべって　きたのは、白《しろ》い　パレットでした。

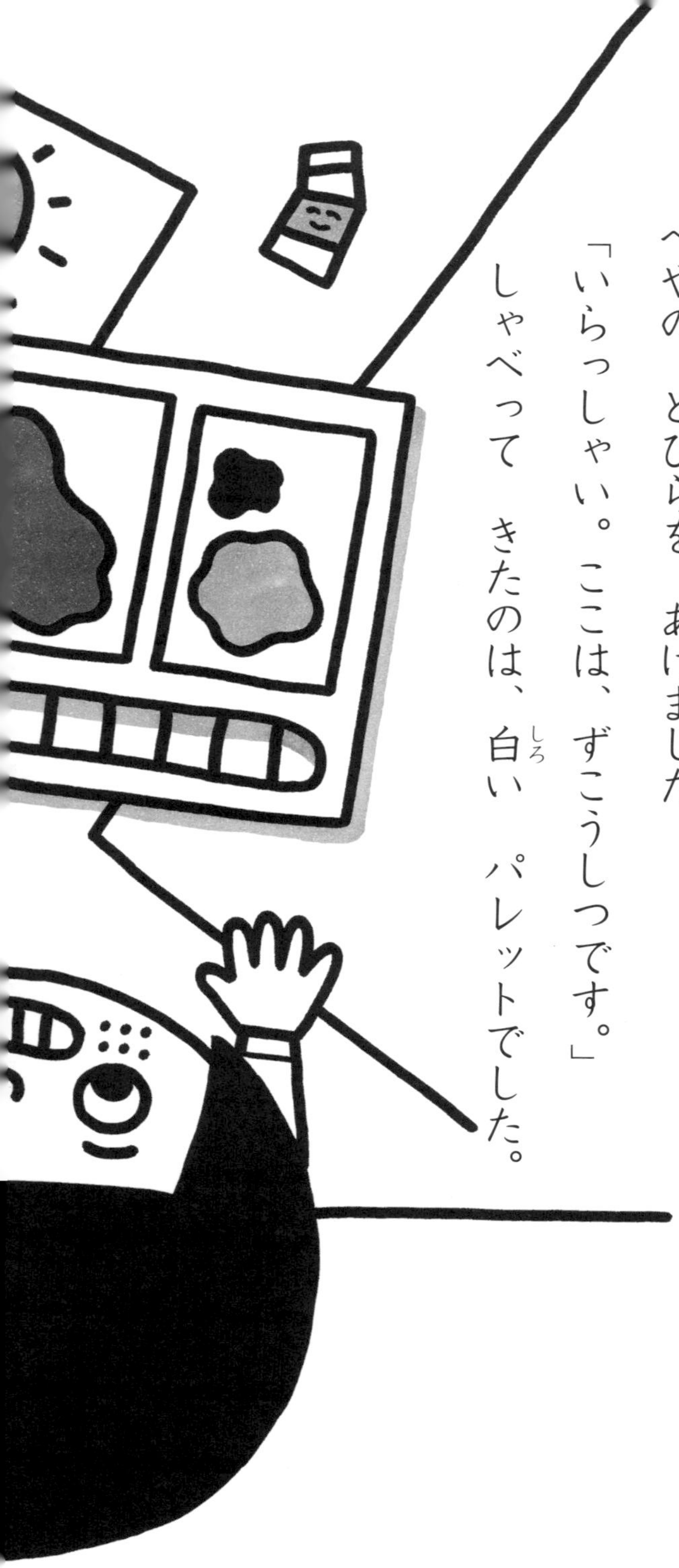

「ずこう……？」

てんちゃんは　首《くび》を　かしげました。

「えを　かいたり、こうさくを　したりする　へやです。」

「しょうがっこうには、いろんな　へやが　あるんだね。」

てんちゃんは、うれしそうです。

「では、もんだいです。

はさみは　はさみでも、切《き》れない　はさみは、なあに？」

「切《き》れない　はさみね。
これは、かんたん。
じゃんけんの　チョキ！」
てんちゃんが　こたえると、
パレットくんは　首《くび》を
よこに　ふりました。
「ブッブー。ちがいます。」
「えーっ、ちがうの？」
「チョキも　はさみの
ことですが、

ちゃんと　なまえに『はさみ』が
ついている　ものです。」
パレットくんの　ヒントに、
てんちゃんは、もういちど
かんがえることに　しました。

「そうか。 はさみ、 ね。」

しばらくして、 てんちゃんは、 はっと 顔《かお》を あげました。

「わかった！ こたえは『せんたくばさみ』ね。

切《き》れないけど、 ちゃんと『はさみ』が ついてる。」

「せいかいです。よくできました。」

パレットくんが、にこにこして　いいました。

「やったあ。」

てんちゃんは　ばんざいを　して、ずこうしつから
でていきました。

4 かていかしつ

てんちゃんは、また　かいだんを　あがりました。
いちばん　てまえの　へやの　つくえと　つくえの　あいだには、おおきな　きかいが　ありました。

「いらっしゃい。ここは、かていかしつよ。」

「かていか？」

「そうよ。かていかは、
ぬいものや、
りょうりを　する
べんきょうなの。」
「ぬいものって？」
　てんちゃんは
首《くび》を　かしげました。

「ぬのを　つかって、ふくろや　エプロンを　つくる　ことよ。

わたしは　ミシン。ぬいものを　する　きかいよ。」

「へぇ。むずかしそう。」

てんちゃんは、まゆを　よせました。

「そうね。おおきな　学年《がくねん》じゃないと、できないわね。」

「そうなんだ。なぞなぞは、だしてくれる？」

「ええ、いいわよ。もんだい。

ようふくに　たくさん　ついている　花《はな》は、なあに？」

ようふくに　ついている　花《はな》か……。
てんちゃんは、ちょっとだけ　かんがえて、すぐに
にっこり　わらいました。
「これは、かんたん。こたえは、『ボタン』でしょ。」

「あら、せいかいだわ。」
　ミシンさんは、目《め》を　まるくしました。
「ふふふ。だって、ようふくに　ついているって　いったら、ボタンしか　うかばないんだもん。」
　てんちゃんは、ミシンさんに　手《て》を　ふって、かていかしつを　でました。

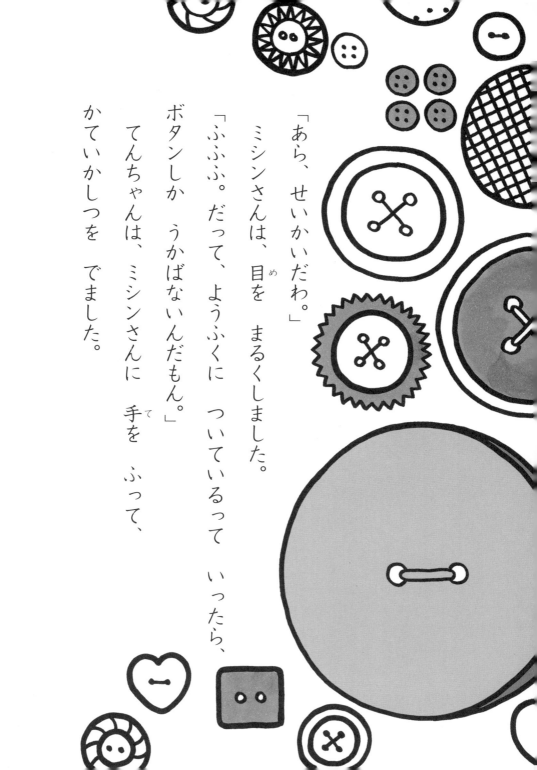

5 りかしつ

てんちゃんは、となりの　へやへ　いきました。
とびらを　あけると、水道《すいどう》が　ついた　テーブルが
ならんでいます。
「なあに、これ？」
こくばんの　そばに、ガラスの　コップみたいな
ものが、たくさん　ありました。
「わしは、フラスコじゃ。じっけんの　ときに　つかう
どうぐじゃよ。」

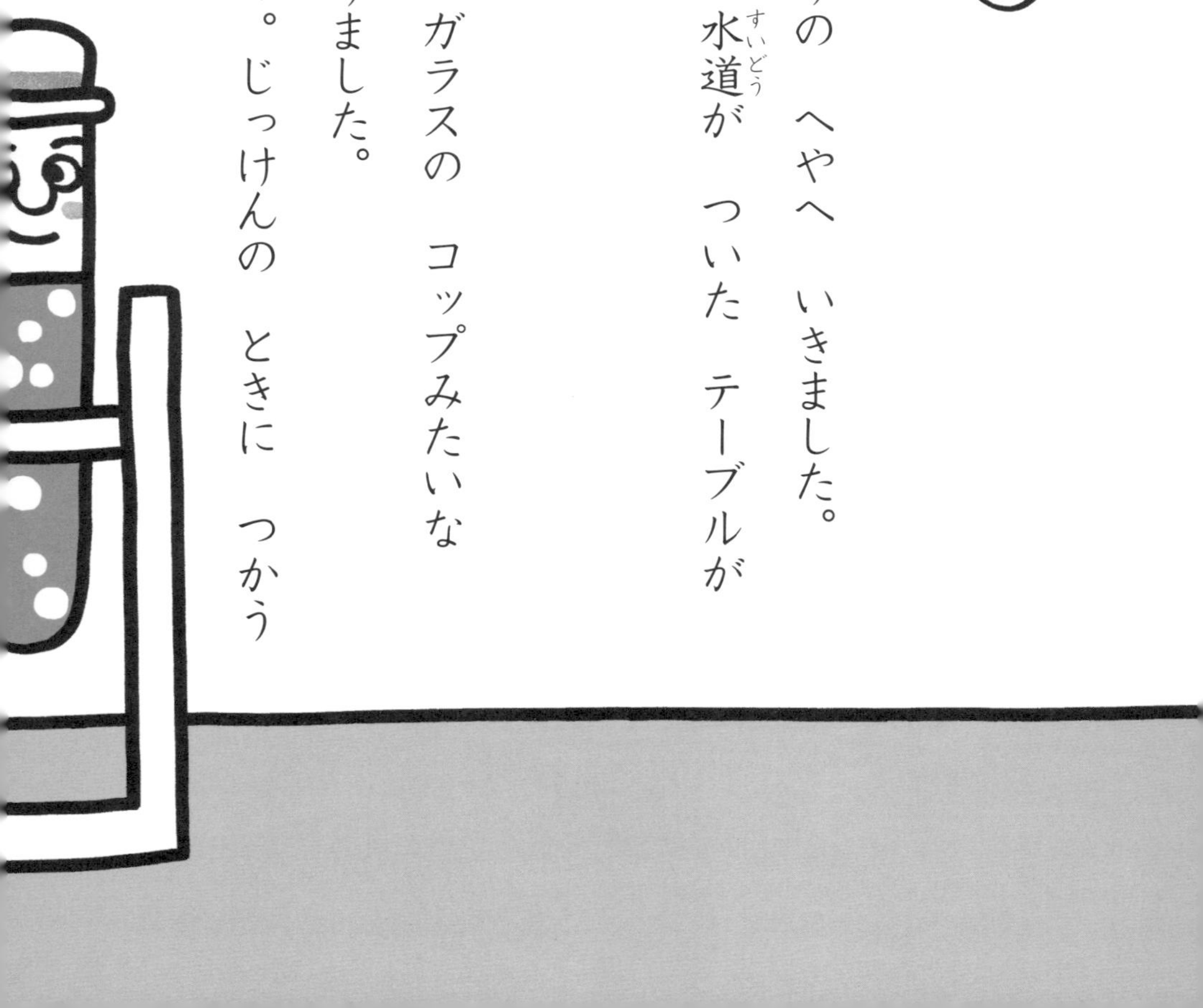

「じっけんかあ。
おもしろそう。」
てんちゃんは、
わくわくしてきました。

「りかは、じっけんしたり、けんきゅうしたりする
べんきょうじゃ。一年生《いちねんせい》には　ないんじゃがね。」

「なーんだ。ざんねん。じゃあ、またね。」

てんちゃんは、きょうしつから　でようと　しました。

「ちょっと、まちなさい。せっかく　きたんじゃ、なぞなぞに
こたえて　いかんかね。」

「だしてくれるの？　じゃあ、おねがい。」

フラスコさんは、にっこり　わらいました。

「もんだいじゃ。

ウィンクしている　ちいさな　いきもの、なんじゃ？」

「ウィンクね。」

てんちゃんは、パチンと　右目《みぎめ》を　つぶって、ウィンクしました。

ちいさな　いきものって　むしかなぁ……。

てんちゃんの　あたまの　なかに、いろいろな　むしがうかびました。

てんとうむし、かぶとむし、かまきり、ちょうちょ、とんぼ、ばった、だんごむし、でんでんむし……。

あれ……？

「そうか。わかった。」

てんちゃんは、フラスコさんの　ほうを　むきました。

「こたえは、『**かたつむり**』ね。」

「せいかいじゃ。よく　わかったのう。」

フラスコさんは、おどろいています。

「うふふ。いきもの、けっこう　すきなんだ。」

てんちゃんは、もういちど　ウィンクしました。

かたつむし

6 おんがくしつ

おおきい　学年《がくねん》の　へやばかりだったので、
てんちゃんは　ひとつ　かいだんを　おりました。
どこからか　ピアノの　音《おと》が　きこえます。
てんちゃんは　音《おと》のする　へやに　いきました。
「あら、いらっしゃい。ピアノは、おすき？」
「うん、だいすき。ピアノ、ならってるの。」
てんちゃんの　こえが、はずみます。
「そう。ここは、おんがくしつよ。ピアノが

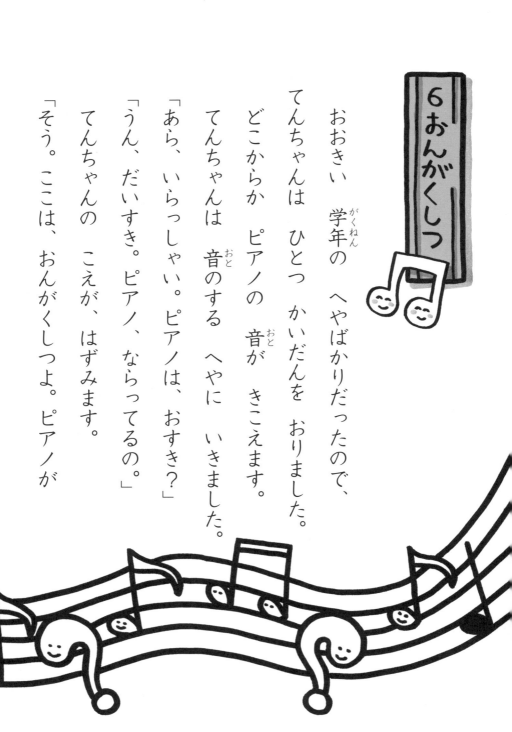

ひきたいときは、　いつでも　どうぞ。」

ピアノさんは、うれしそうに　いいました。

「それじゃあ、もんだいね。

ソファの　したに

あるもの、なあに？」

「えっ、ソファの　した？」
とつぜんの　なぞなぞに、
てんちゃんは　おもわず
したを　のぞきました。
なんにも　ありません。
ピアノさんは、てんちゃんを　みて、
くすくすわらいました。
「それは、いすでしょ。ソファよ。
ソファの　した。」
「ソファなんて、ないよ。」

てんちゃんは、おんがくしつの　なかを　みまわしました。

「てんちゃん、ここは、おんがくしつよ。ソファ、あるじゃないの。」

「えっ？」

てんちゃんは、ふと、顔《かお》を　あげました。

ソファが、ある？

目《め》のまえの　ピアノさんが、わらっています。

てんちゃんは　ピアノさんの　けんばんを　じっと　みつめました。

「あ、そうか！」

「わかった。ソ・ファの　したは、『ミ』だ。」
「せいかいよ！」
ピアノさんが　ポロポロロンと
音《おと》を　だしました。
「ああ、よかった。」
てんちゃんは、ほっと　むねを
なでおろしました。

ド
レ
ミ
ファ
ソ
ラ

7 としょしつ

てんちゃんは、となりの　へやに　はいりました。

かべいちめんに　たくさんの　本《ほん》が　ならんでいます。

「すごーい。本《ほん》やさんみたい。」

てんちゃんは、おくに　はいって　いきました。

『むかしばなし』と　かかれた　たなから、一《いっ》さつの
絵本《えほん》が　とびだして　きました。

「いらっしゃあい。」

絵本《えほん》さんは、パタパタと　ページを　はためかせました。

「こんにちは。すごく　たくさん　本《ほん》が　あるね。」
「そうやろ。すごいやろ。ぎょうさん　あるさかい、
しっかり　よんでや。」
絵本《えほん》さんは、ほほえみました。
「ほな、もんだいです。
ちょっと　太《ふと》った
おじいさんの
おはなしは、なあに？」

絵本《えほん》さんが、てんちゃんを　みつめました。
「太《ふと》った　おじいさん？」
てんちゃんの　あたまの　なかに、
太《ふと》っている　おじいさんが
うかびました。
白《しろ》い　かみのけに、白《しろ》いヒゲ。
赤《あか》い　ふくを　きると、まるで
サンタさんの　ようです。
「サンタさんじゃ　ないよね……。」
この　なぞなぞは、むずかしそうです。

「あれ……？」

てんちゃんは、ふと　おもいました。

なんで『太《ふと》った』じゃなくて、

『ちょっと　太《ふと》った』

なんだろう。

てんちゃんが　顔《かお》を
あげると、『むかしばなし』の
本《ほん》が　たくさん　みえました。

「あっ、わかった！」

「こたえは『こぶとりじいさん』でしょ。だって、『小太《こぶと》り』だもん。」

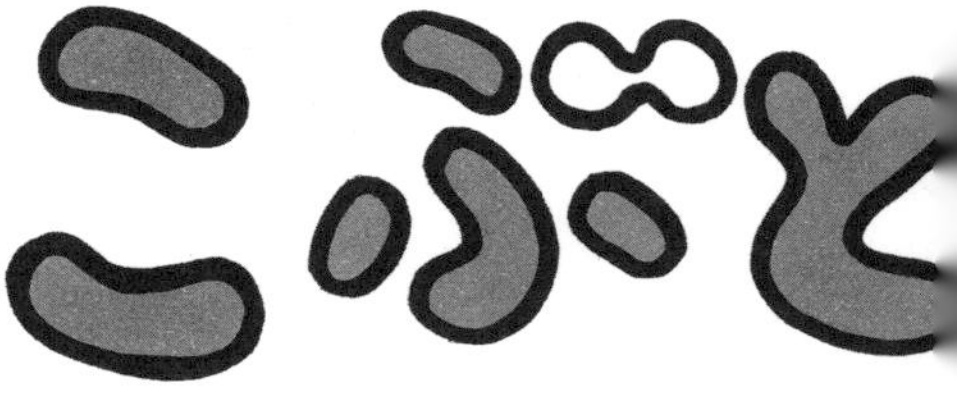

「おみごと！　せいかいや。」

絵本《えほん》さんは、ページを
パタパタさせて、はくしゅを　しました。

「やった！」

てんちゃんは、おもわず　ガッツポーズを　しました。

てんちゃんは、一《いっ》かいに　もどりました。

とびらを　あけると、くすりの　ような　においが　します。

「ここは、ほけんしつ。けがや　びょうきの　てあてを　するところ。わたしは、たいじゅうけいよ。」

たいじゅうけいさんが　いいました。

「あなた、一年生《いちねんせい》ね。にゅうがく　おめでとう。じゃあ、おめでたい　なぞなぞを　だすわね。」

「うん、いいよ。」

「もんだい。タイは　タイでも、
からだに　ぐるぐる
まきつく　白《しろ》い
タイは、なあに？」

「白《しろ》い　タイ？」
てんちゃんの　あたまの　なかに、まっ白《しろ》な　魚《さかな》の
タイが　うかびました。
ヘビのように　ほそながい　タイが、てんちゃんに
ぐるぐる　まきついてきます。
「なんだか、きもちわるい。」
「まあ、だいじょうぶ？　そんなに　むずかしく
かんがえないで。」
てんちゃんは、また　かんがえました。
やっぱり、ヘビのような　タイが　うかんできます。

「じゃあ、ヒントを　あげましょう。いままでの　もんだいも、
だされた　へやに　かんけいが　あるものだったでしょう？

ここは、ほけんしつよ。」

「そうか……。」

てんちゃんは、へやの　なかを　みまわしました。

タイ。ぐるぐる　まきつく　白《しろ》い　タイ……。

「わかった！」

「こたえは『**ほうたい**』ね。」

「せいかいよ。」

たいじゅうけいさんが、ほほえみました。

「ああ、よかった。」

てんちゃんの　あたまの　なかの　ヘビが、ぽわんと
ほうたいに　かわりました。

「そろそろ　にゅうがくしきが　はじまるわよ。」

「あっ、そうだった！　ありがとう。」

てんちゃんは、おじぎを　すると、いそいで
たいいくかんに　むかいました。

ほうたい

9 なぞなぞにゅうがくしき

たいいくかんの　まえで、ママが　しんぱいそうな顔《かお》をして　立《た》っていました。

「てんちゃん！　どこに　いってたの？」

ママが、てんちゃんを　ぎゅっと　だきしめました。

「ちょっと　たんけんしてきたの。」

「ぶじで　よかったわ。さあ、はいりましょう。」

てんちゃんと　ママは、たいいくかんに　はいり、それぞれの　せきに　すわりました。

「ただいまから、なぞなぞしょうがっこう　にゅうがくしきを

おこないます。」

メガネを　かけた　先生《せんせい》が　いいました。

「校長先生《こうちょうせんせい》の　あいさつです。」

りっぱな　ヒゲの　おじいさんが、ぶたいの　うえに立《た》って、にっこりしました。

「みなさん、にゅうがく　おめでとう。さっそくですが、なぞなぞを　ひとつ　だします。みなさん、こたえられるでしょうか？」

校長先生《こうちょうせんせい》の　ことばに、みんなは　ざわざわとどよめきました。

「こおりが　とけたら、水《みず》に　なりますね。では、ここからがもんだいです。

雪《ゆき》が　とけたら、なにに　なるでしょう？」

てんちゃんは、目《め》を　パチパチ
させました。
雪《ゆき》も　やっぱり、とけたら　水《みず》に
なるんじゃないのかなぁ。
てんちゃんが　おもったとき、
だれかが「水《みず》だよ。」と　いいました。
すると、みんな　くちぐちに
「水《みず》」と　こたえます。
「ざんねんですが、『水《みず》』では
ありません。」

校長先生《こうちょうせんせい》が、　にやりと
わらいました。
「えーっ！」
かいじょうが、　ざわめきます。
てんちゃんは、　あたまを
かかえました。
　こおりと　雪《ゆき》って、
なにが　ちがうの？

こおりは　れいぞうこで
できるけど、雪《ゆき》は　空《そら》から
ふってくるもの。
てんちゃんの　あたまの
なかに、ふゆの　日《ひ》の
けしきが　うかびました。
家《いえ》の　やねにも
車《くるま》にも　木《き》にも
たくさん　雪《ゆき》が
つもっています。

この　雪《ゆき》が　ぜんぶ
とけたら……。
てんちゃんは、あたまの
なかの　雪《ゆき》を　ぜんぶ
けしてみました。
すると……。

「はい。」
てんちゃんは、まっすぐ
手《て》を　あげました。
「おや、わかりましたか？」
校長《こうちょう》先生《せんせい》が、てんちゃんを
みました。

「では、こたえを　どうぞ。」
「はい。こたえは　『春《はる》』です。
雪《ゆき》が　とけると、春《はる》に
なります。」

「ほう、せいかいです。よく　わかりましたね。」

校長先生《こうちょうせんせい》が　パチパチと　手《て》を　たたくと、みんなからも、

おおきな　はくしゅが　わきおこりました。

てんちゃんは、ほごしゃせきを　みました。

ママが　おおよろこびで、ブイサインを　しています。

「どうですか、しょうがっこうは　きにいって
もらえましたか？」

「はい、とっても！」
てんちゃんは、げんきに
こたえました。
「それは よかった。」
校長先生《こうちょうせんせい》は、
にっこりと
わらいました。

「みなさん、なぞなぞしょうがっこうへ　ようこそ。
がっこうには、これからも　いろんな『なぞ』が
まっています。じぶんひとりでは　わからない『なぞ』も
あるかもしれません。」
みんなが　校長先生《こうちょうせんせい》を　みつめます。

「でも、だいじょうぶです。先生《せんせい》や、ともだちや、おおきな
学年《がくねん》の　おにいさんや　おねえさんたちが、みなさんを
おうえんします。だから　おそれないで　いろんな
『なぞ』に　チャレンジしてください。」
「はーい。」
みんなは、おおきな　こえで　へんじを　しました。
なぞなぞしょうがっこうでは、どんな『なぞ』が
まっているのでしょうか。
てんちゃんは、わくわくしてきました。
たのしい　六年間《ろくねんかん》に　なりそうです。

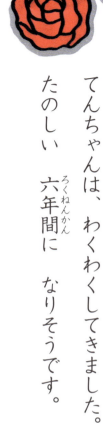

にゅうがく
おめでとう

北ふうこ（きた・ふうこ）　**作者**
大阪府に生まれる。2001年、「まひるはくもり空」で第50回毎日児童小説コンクール優秀賞、「歩いて行こう」で第8回学研読み特賞を受賞する。作品に、『おやしきおばばのてんてんパチンコ』『大阪ずしひみつの大作戦』（ともに汐文社）、『歩いて行こう』『ねこのかんづめ』（ともに学研教育出版）がある。創作童話ゆめふうせん主宰、日本児童文学者協会会員。

川端理絵（かわばた・りえ）　**画家**
東京都に生まれる。イラストレーター。2児の母。主な作品に『ねこの手かします』シリーズ（文研出版）、『いろはかるた　だじゃれゆうえんち』（民衆社）、『サクランボの絵本』（農文協）、紙芝居『しらないひとにきをつけて』（教育画劇）などがある。

この作品は、2011年に「毎日小学生新聞」に掲載された
「ようこそ、なぞなぞ小学校へ」を加筆・修正してまとめたものです。

わくわくえどうわ
ようこそ　なぞなぞしょうがっこうへ
作　者　北ふうこ
画　家　川端理絵

2016年2月20日　第1刷
2017年6月30日　第3刷
NDC913　A5判　80P　22cm
ISBN978-4-580-82262-7

発行者　佐藤徹哉
発行所　文研出版　〒113-0023　東京都文京区向丘2－3－10　☎(03)3814-6277
〒543-0052　大阪市天王寺区大道4－3－25　☎(06)6779-1531
http://www.shinko-keirin.co.jp
印刷所　株式会社太洋社　製本所　株式会社太洋社

5 ランドセル

6 こうちょうせんせい

7 クレパス

8 にじ

5 ランドセルは、じゅぎょうではつかわないよ。　6 こうちょうせんせい＝好調・先生　7 クレパス＝くれ、パス　8 にじ＝２時（お昼のあと）